**Bisher erschienen:**

Der kleine Traumsegler – 33 Gutenachtgeschichten zum Vorlesen
Der kleine Traumsegler – 33 Vorlesegeschichten zum entspannten Einschlafen
*Der kleine Traumsegler – 33 Vorlesegeschichten für schöne Träume*

Anna Taube · Barbara Rose

# Der kleine TRAUMSEGLER

## 33 Vorlesegeschichten für schöne Träume

Band 3

Illustriert von Betina Gotzen-Beek

Loewe

ISBN 978-3-7432-0850-6
1. Auflage 2021

Text: Anna Taube und Barbara Rose
Umschlag- und Innenillustrationen: Betina Gotzen-Beek
Umschlaggestaltung: Michael Dietrich
Printed in the EU

www.loewe-verlag.de

# Inhalt

# Sturm über dem Wolkenmeer

Hui, weht heute Nacht ein frecher Wind über das Wolkenmeer! Die Wolkenwellen schlagen hoch und spritzen Gischt. Der kleine Traumsegler wird ganz nass, als er tiefer fliegt. Wie soll er denn schöne Träume finden, wenn die Wolken so aufgewühlt sind? Sonst taucht er immer einfach ein ins weiche Meer, nimmt die schönsten Träume huckepack und fliegt damit zu den Kindern in der ganzen Welt. Aber heute ... oh weh! Da packt ihn schon wieder eine Bö und wirbelt ihn umher.

„Kleiner Traumsegler, magst du Karussell fahren?“, fragt die Bö stürmisch.

Der kleine Traumsegler liebt Karussellfahren – aber doch nicht jetzt! „Bitte, lass mich runter, Bö!“, ruft er. „Die Kinder warten auf ihre Träume!“

„Ach so“, sagt die Bö nur und lässt ihn fallen! Der kleine Traumsegler stürzt ins Wolkenmeer. *Platsch!*, schlagen die Wolken über ihm zusammen. Und da sieht er ihn: einen dunklen Traum inmitten der lustigen, wohligen, kurzen und verrückten Träume. Der Wind hat das Meer so durcheinandergewirbelt, dass sich alle Träume vermischt haben! Jetzt muss der kleine Traumsegler aber gut aufpassen.

„Hau ab!“, ruft er dem fiesen Traum mutig zu und taucht durch die Wolken. Da entdeckt er drei ganz kleine Träume. Sie klammern sich ängstlich aneinander. „Springt auf, ich nehme euch mit!“, ruft ihnen der kleine Traumsegler zu. Das lassen sich die Träumchen nicht zweimal sagen und schon saust er, so schnell er kann, aus dem stürmischen Wolkenmeer. Höher und höher fliegt er, so hoch ... dass von dem Wind nichts mehr zu spüren ist. Der kleine Traumsegler atmet auf.

„Alles klar bei euch?“, fragt er die Träumchen und die nicken eifrig. „Dann kann es ja losgehen!“

„Au ja, au ja!“, rufen die Träumchen und der kleine Traumsegler fliegt ... direkt zu dir!

# Vogelgezwitscher

Plaaatz daaa!“, ruft Hans Eichelhäher und landet an der Futterstelle.

Die Spatzen fliegen auf. „Menno, Hans, immer erschreckst du uns!“, zwitschern sie aufgeregt.

„Letztes Mal hast du uns alle Sonnenblumenkerne weggeschnappt“, beschweren sich die Meisen.

Hans Eichelhäher nickt und sieht dabei ziemlich zufrieden mit sich aus. „Ja, ja“, sagt er. „So ein Prachtkerl wie ich braucht eben große Portionen.“

„Darf ich mir ein Samenkorn nehmen?“, piepst Robin, das Rotkehlchen. Hans nickt gnädig. So ist er ja nicht. Natürlich teilt er. Und diese Futterstelle ist wirklich toll. Jeden Morgen füllt die Menschenfrau sie auf. Blöd nur, dass sie auch eine … Hans reckt aufmerksam den Kopf. Ja, da raschelt etwas. Da kann sie noch so leise schleichen, einem Eichelhäher entgeht einfach nix!

„KATZE im Anmarsch!“, warnt er die anderen Vögel.

Sofort fliegen er, die Meisen, die Spatzen, das Rotkehlchen und ein paar Stieglitze auf. Die Spatzen verstecken sich in der Hecke, Robin und die Stieglitze lassen sich in den hohen Zweigen der Kastanie nieder.

„Hau ab, blöde Katze!“, piepsen sie von oben herunter. Die Katze sitzt unter der Kastanie und schaut hinauf.

„Lass es doch, Kätzchen-Schätzchen!“, ruft Hans. „Bis du oben bist, sind wir längst weg.“ Als hätte ihn die Katze verstanden, faucht sie … und schleicht davon.

„Ist sie fort?“, piepsen die Spatzen in der Hecke.

„Ja! Bahn frei!“, ruft Hans und lässt sich in die Futterstelle plumpsen.

„Futter dich ruhig satt, Hans“, sagt Robin gutmütig. „Schließlich warnst du uns immer vor dieser ollen Katze.“

„Du bist unser Held, unser Held!“, zwitschern die Meisen.

Und Hans nickt zufrieden. *Held Hans Eichelhäher*, das gefällt ihm.

# Heute ist Konrad ein Fisch!

Konrad steht am Beckenrand, hält sich an der Leiter fest und steckt den Zeh ins Wasser. *Brrrr!*

„Komm endlich, wasserscheue Landratte“, ruft ihm sein Freund Kanja zu.

Vorsichtig steigt Konrad ins Wasser. Sehr vorsichtig! Angespannt macht er die ersten Schwimmbewegungen. Eins … zwei … drei …

*Blubb, blubb, blubb,* schon taucht Konrad unter.

Im gleichen Moment spürt er zwei starke Arme, die ihn mit einem Schwung wieder nach oben ziehen. „Hallo, Konrad. Ich bin Damian, dein neuer Schwimmlehrer. Das Wassertaxi ist startklar. Halte dich an meinem Hals fest und paddle ordentlich mit den Füßen!“

*Wusch!* Beinahe schwerelos gleitet Konrad mit Damian durchs Wasser. So machen die Fußbewegungen richtig Spaß.

„Jetzt bist du ein Biber, der auf einem Stamm aus Holz schwimmt.“

Konrad spürt, wie Damian ihm eine Schwimmnudel unter den Körper steckt. Damit schafft er sogar eine ganze Bahn!

„Aufpassen! Jetzt stützt dich der Wal“, sagt Damian, taucht unter Konrad und hält ihn mit seinem Kopf über Wasser. Das ist lustig!

„Ich kann schwimmen!“, ruft Konrad. „Ich bin ein Fisch!“

Er paddelt und rudert und guckt begeistert nach rechts und links. Alle Kinder aus dem Schwimmkurs sehen zu und … Damian!

Erschrocken hört Konrad mit den Schwimmbewegungen auf. Er hat gar nicht mitbekommen, dass ihn sein Schwimmlehrer nicht mehr unterstützt.

„Nicht aufgeben!“, ruft Damian. „Du kannst es.“

Konrad holt tief Luft und macht einen Schwimmzug nach dem anderen. Langsam und entspannt. Und tatsächlich! Er braucht kein Wassertaxi mehr, keinen Biberstamm und keinen Wal. Konrad kann endlich ganz allein schwimmen!

# Opa-Kuchen

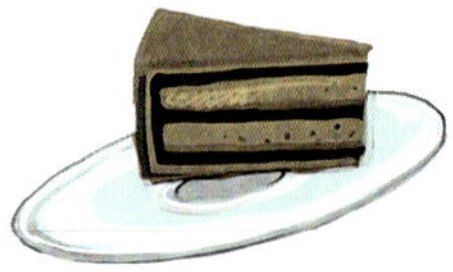

Jannis besucht seine Großeltern gern. Allerdings wünscht er sich, dass Opa mehr Zeit für ihn hat. Opa hat nämlich immer was zu tun.

„Brauchst du noch lange, Opa?" Jannis trippelt ungeduldig mit den Füßen. „Kann ich dir helfen?"

„Geht nicht, zu gefährlich", antwortet Opa und sägt ein paar Bretter für den neuen Schuppen zurecht.

Geduldig wartet Jannis, bis die Bretter die richtige Länge haben und Opa als Nächstes den Rasen mäht. „Kann ich dir jetzt helfen?" Doch Opa schüttelt den Kopf. „Zu gefährlich für kleine Jungen."

Auch beim Heckeschneiden und Schuppenstreichen will Opa Jannis lieber nicht helfen lassen. Enttäuscht setzt sich Jannis auf die Wiese.

Da kommt Oma. „Pass auf, Jannis, gleich hat Opa Zeit für dich." Zu Opa gewandt, ruft sie: „Ich backe jetzt einen Kuchen mit Jannis. Dafür hast du ja keine Zeit ... wahrscheinlich kannst du gar nicht mehr backen."

Opa legt den Pinsel weg und kneift die Augen zusammen. „Natürlich backen Jannis und ich den besten Opa-Kuchen der Welt. Du wirst staunen!"

Oma grinst, während Opa und Jannis Butter schaumig rühren, Mehl sieben und Eier aufschlagen. Jannis darf alles mitmachen, nie sagt Opa „Zu gefährlich!".

Am Schluss lässt Jannis Schokopulver in den Teig rieseln. Eine dunkle Wolke wirbelt durch die Küche und färbt Opas Bart und Jannis' Haare. Lustig sieht das aus. Als der Schokokuchen fertig ist, essen Jannis und Opa jeder zwei Stück. Mit Sahne!

„Hmm, das schmeckt", stellt Jannis fest.

Opa nickt. „Wir sollten wirklich öfter zusammen Kuchen backen. Opa-Kuchen."

# Fingerfarben-Firlefanz

Cara hebt den Deckel der Schachtel an.

„Ui, sechs Farben!", staunt Ole, ihr kleiner Bruder, und deutet mit seinem kurzen Zeigefinger auf die Töpfchen. „Rot, Gelb, Grün, Blau, Lila und Doransch."

„Das heißt Orange", verbessert Cara. Schließlich geht sie schon in den Kindergarten und weiß Bescheid.

„Die sind schön!", sagt Ole glücklich.

Cara nickt. Vorsichtig öffnet sie die sechs Töpfchen. Die Farbe riecht ganz frisch. Ole steckt schon seinen Finger hinein, dass sie über den Rand quatscht. Schielend hält er den bunten Finger vors Gesicht. „Doransch is schön", seufzt er. Er ballt die kleine Faust zusammen, dass es schmatzt, öffnet sie und dann patscht er die ganze dicke Hand gegen die Fensterscheibe. „Guck mal, Cara, da is meine Hand!"

Cara grinst. Sorgfältig bepinselt sie ihre ganze Handfläche und drückt sie ans Fenster. Dann malt sie ein Auge, einen Mund und Beinchen und schon tippelt ein kleiner Handabdruck-Igel übers Fenster. Ole ist begeistert! In null Komma nichts laufen über das ganze Kinderzimmerfenster lauter bunte Igel. Aber die Farbe ist noch nicht alle.

Ole und Cara schleichen sich ins Wohnzimmer. Hier gibt es sogar zwei Fenster. Und auf denen machen sich die bunten Igel auch ganz prima.

„Was um Himmels willen …?", ruft Mama entsetzt.

Cara und Ole sehen sich betreten an. Oje, wie sehen sie denn aus? Als wäre eine Großfamilie Fingerfarben-Igel über sie drübergelaufen!

Mamas Mundwinkel zucken. Sie kann nicht ernst bleiben. Schon lacht sie und Ole und Cara lachen mit.

„Na, dann kommt mal mit, ihr Igel-Freunde", sagt Mama dann. „Unter die Dusche!"

# Eine Überraschung mit Fell

„In einer Woche hast du Geburtstag, Jimmy. Was wünschst du dir?", fragt Mama.

„Einen Koalabär!", ruft Jimmy.

„Wir wohnen zwar in Australien", sagt Papa. „Trotzdem kann sich nicht jeder einen Koala als Haustier halten. Das sind geschützte Tiere."

„Dann will ich gar kein Geschenk", brummt Jimmy.

Eine Woche später liegen drei Päckchen auf Jimmys Geburtstagstisch. Ein Käfig oder Körbchen mit einem Haustier ist nicht dabei. Jimmy ist enttäuscht, über nichts freut er sich richtig. Am Ende liegt nur noch eine Karte mit einem Koalabär da. *„Lieber Jimmy, das Koala-Rettungszentrum Bingalo freut sich, dass du bei der Tierpflege helfen willst. Alles Gute, wir sehen uns morgen!"*

Jimmy jubelt wie verrückt. Auch am nächsten Morgen, als er mit seinen Eltern zum Rettungszentrum fährt, pocht sein Herz wie eine Trommel.

„Hey, Jimmy!" Doc Baker wartet schon auf Jimmy und nimmt ihn gleich mit zu den Koalas. „Ich bin Tierarzt. In unserer Rettungsstation werden kranke und verletzte Koalas gepflegt. Schau einfach mal zu."

Gespannt beobachtet Jimmy, wie die Koalas untersucht, verarztet und gefüttert werden. Er hilft, die Käfige und Freiflächen zu säubern. Am Ende darf Jimmy sogar einen Koala streicheln.

„Wie weich das Fell ist", wispert Jimmy. „Und diese niedlichen Ohren!"

„Das ist Tasmo", erklärt Doc Baker. „Morgen kennt er dich schon. Dann darfst du ihn mit mir füttern. Tasmo wird dein Pflegetier."

Als Jimmy von seinen Eltern abgeholt wird, ist er so glücklich wie lange nicht mehr. „Ab morgen bin ich für Tasmo verantwortlich. Ich habe fast einen eigenen Koala. Danke! Das ist das schönste Geburtstagsgeschenk in meinem ganzen Leben!"

# Landleben

Lorenz radelt den Feldweg entlang. Weizen, Roggen, Mais und Raps … Doch plötzlich bleibt er stehen. Vor ihm liegt eine Wiese, riesengroß! Ein Elektrozaun grenzt sie ein und tickt leise vor sich hin. Den darf man nicht anfassen, das weiß Lorenz schon längst. Wo sind denn die Kühe?

Da entdeckt er sie: Im Schatten der Bäume sind sie kaum zu sehen. Die meisten haben ein dunkles, wollig-gelocktes Fell und einen breiten Schädel mit puscheligen Ohren. Einige Tiere kommen näher, als sie Ole sehen.

Oder kommen sie, weil plötzlich ein Motorenbrummen zu hören ist? Ein Geländewagen rollt auf die Weide zu und hält an. Ein Mann steigt aus.

„Hallo“, begrüßt er Lorenz. „Ich bin Steffen. Machst du dich mit meinen Galloway-Rindern bekannt?“

„Gallowäi?“, fragt Lorenz verdutzt.

„So werden diese Rinder genannt“, erklärt Steffen. „Echte Prachtkerle sind das! Weißt du, sie kümmern sich richtig gut um diese Wiese: Sie fressen die saftigen Gräser und wilden Kräuter, deswegen muss nie gemäht werden. Sogar am Boden können die Vögel ungestört brüten. So leben die Galloways hier mit zahllosen anderen Lebewesen zusammen: Insekten, Vögeln, Fledermäusen, auch Fröschen und Schlangen. Schau mal!“ Steffen reicht Lorenz ein Fernglas.

„Oh, da ist ja ein Schmetterling!“, staunt er. „Und ein Kälbchen! Ist das süß!“

Steffen nickt. „Das ist hier zur Welt gekommen. Galloways leben das ganze Jahr über im Freien, nicht mal im Winter kommen sie in den Stall. Sie haben im wahrsten Sinne ein dickes Fell.“

„Das sagt meine Mama zu mir manchmal auch“, sagt Lorenz und grinst.

„Na, dann komm uns doch auch mal im Winter besuchen.“

„Sehr gern!“, ruft Lorenz. „Bis bald!“ Und dann schwingt er sich auf sein Fahrrad und fährt weiter.

# Das beste Geschenk der Welt

Mit weit aufgerissenen Augen sieht Marla dabei zu, wie ihre Geschwister ihre Geschenkpäckchen zum Muttertag vorbereiten. Ihre kleine Schwester Tomma will Mama eine Knetfigur schenken, ihr großer Bruder Anders hat ihr eine riesige Schachtel Pralinen gekauft.

„Und was kriegt Mama von dir, Marla?“, fragen sie die Schwester.

Marla überlegt. „Natürlich das beste Geschenk der Welt.“

„Ach ja?“ Tomma grinst.

„Was soll das sein?“, fragt Anders.

„Das verrate ich euch nicht, ätsch!“ Marla streckt Tomma und Anders die Zunge heraus. „Da werdet ihr staunen.“

Die halbe Nacht liegt Marla wach und überlegt hin und her. Blumen? Zu teuer. Einen Kuchen? Marla kann noch nicht allein backen. Ein Bild? Hat sie letztes Jahr schon geschenkt. Und das Gedicht aus dem Kindergarten hat sie schon wieder vergessen. Zu blöd! Vor lauter Grübeln schläft Marla endlich ein. Und dabei träumt sie ausgerechnet von ihrem Geschenk für Mama!

Am Morgen holt sie Mamas duftende Körpercreme. Dann hüpft sie vorsichtig zu ihren Eltern ins Bett, schickt Papa Frühstück machen, umarmt Mama und ruft: „Eine Maschasche für den Muttertag. Jetzt sofort!“

Mama freut sich. Sie legt sich auf die kuschelige Decke, dreht sich auf den Bauch und dann geht es los. Marla knetet, zupft, klopft und streicht.

Mama seufzt. „Nicht aufhören, Marla“, sagt sie. „Das ist so schön!“

Marla bekommt gar nicht mit, dass auch Tomma und Anders bereits im Schlafzimmer sind. Als Marla fertig mit der Massage ist, hört sie von ihren Geschwistern und Papa ein begeistertes „Wir wollen auch, Marla!“

Marla kichert. „Das beste Geschenk der Welt gibt es heute nur für meine Mama. Alles Gute zum Muttertag!“

MUTTERTAG

# Der Wettbewerb im Kunstklettern

Heute findet der Wettbewerb im Kunstklettern statt: Der ganze Dschungel summt und brummt vor Aufregung. Unter einem riesigen Baum steht Titelverteidiger Napo Gorilla schon in Startposition.

„Hast du gehört?“, grummelt Abiba Orang-Utan. „Dieses Jahr will auch der Kleine mitmachen.“

„Chico Schimpanse?“ Napo lacht dröhnend. „Dieser Winzling!“

Chico hat alles gehört. Die großen Affen sind gemein. Aber er wird es ihnen zeigen! *Tschaka!*

Da hangelt Napo schon zwischen den Zweigen, dass den Zuschauern Hören und Sehen vergeht. „Napo, Napo!“, feuern die Papageien den Gorilla an.

„Neun Komma acht Punkte!“, verkünden die Kolibris.

Auch Abiba erzielt ein hervorragendes Ergebnis.

Chico atmet tief durch, dann schwingt er sich ins Geäst des Baums.

„Fall nicht runter, Kleiner!“, ruft ein Papagei und die anderen kreischen vor Lachen. Chico klettert immer höher.

„Ui!“, staunen die Papageien. „Und was kommt jetzt?“

Jetzt lässt sich Chico im Sturzflug fallen und dreht dabei lustige Saltos. Dann landet er auf einem dicken Ast, federt wieder in die Höhe, umfasst einen Zweig, wirbelt drei Überschläge und macht einen Handstand. Nur nicht wackeln! Chicos Herz pocht. Sein ganzer kleiner Körper zittert! Da hat er eine Idee: Er wackelt auch mit den Ohren, mit der Nase und mit dem Schwanz. Die Tiere lachen und applaudieren.

„*Tschaka!*“, ruft Chico und springt auf den Boden.

„Zehn Punkte!“, verkünden die Kolibris und alle Zuschauer jubeln.

„Gut gemacht“, grummelt Abiba – und Napo hebt ihn auf die Schultern. „Du bist wirklich der größte Klettermax im Dschungel, Kleiner!“, ruft er.

# Auch blöde Tage können schön sein

Dem doofen Thilo zeig ich's morgen", brummt Liam, während er sich unter seine Bettdecke kuschelt. „Aber so richtig!"

„Ach, ja?" Mama verdreht die Augen. „Hast du wirklich den ganzen Tag darüber nachgedacht, dass er dir das Pausenbrot aus der Hand geschlagen hat?" Sie sieht ihren Sohn nachdenklich an. „Und was, wenn es gar keine Absicht war? Sondern ein Versehen?"

„Dann", überlegt Liam, „dann ... äh."

„Ich mag nicht mehr jeden Abend hören, was dir Doofes passiert ist. Ich möchte, dass du dich ... nein, dass wir uns alle an etwas Schönes erinnern. Für die guten Erlebnisse eines Tages führen wir jetzt den Danke-Abend ein", schlägt Mama vor.

„Danke-Abend?" Liam stöhnt.

„Hör einfach mal zu, ich fange an." Mama lächelt. „Mir ist heute im Supermarkt die Papiertüte geplatzt. Alles ist auf den Boden gekugelt. Aber gleich drei Leute haben mir geholfen. Später haben wir uns dann noch eine Tafel Schokolade vor der Tür geteilt. Das war lustig! Mein Danke-Moment."

Liam kichert. „Echt, dann habt ihr vor dem Supermarkt Schoki gemampft? Cool. Bei mir war heute auch fast so was. Ich habe die ganzen Fußball-Bildchen mit in den Kindergarten genommen. Aber der Erzieher hat mir verboten, sie auszupacken. Olaf hat das gesehen. Und dann haben wir später Bilder getauscht. Vor dem Kindergarten."

„Soso! Vielleicht ein neuer Freund?" Papa ist ins Zimmer gekommen und kuschelt sich zu Liam ins Bett. „Ich habe heute meinen Geldbeutel im Taxi liegen lassen. Mit allen Karten und hundert Euro darin. Und stellt euch vor, die Taxifahrerin hat ihn mir hinterhergetragen. Tausend Dank an sie!"

Liam sieht zu seiner Mama. „Das macht richtig Spaß und ..."

„Und danach ist jede schlechte Laune wie weggeblasen", ergänzt Mama.

# Hexe Lulus Hausaufgaben

Die kleine Hexe Lulu stöhnt. Als Hausaufgaben sollen sie den Zaubertrank *Jung & Schick* zusammenbrauen. „Ihr schafft das schon", hat ihre Lehrerin, die Hexe Hibiskus, geträllert. „Wie ihr seht: Ich benutze ihn jeeeden Tag!"

Missmutig rührt Lulu im Hexenkessel. Dreimal nach links, fünfmal nach rechts. Und was kommt jetzt? Schneckenschleim, fein zerrieben. Buärk, und das trinkt ihre Lehrerin täglich? Lulu kippt das Pulver in den Trank und er färbt sich hellgrün.

„Müsste der nicht golden sein?", krächzt der Rabe Ringelnatz.

Lulu zuckt die Schultern. „Hellgrün ist doch auch hübsch, nicht? *Schritt 13: Probiere den Trank an einer Testperson aus.* Ringelnatz! Jetzt wirst du jung und schick!"

„Kraaa, ich? Ich bin doch jung!", beschwert sich der Rabe.

„Aber nicht schick", sagt Lulu trocken. „Schnabel auf!"

Beleidigt kehrt Ringelnatz ihr den Rücken zu.

„Bitte, bitte, bitte, liebster Ringelnatz", flötet Lulu. „Probiere ein winziges Tröpfchen von meinem Zaubertrank."

„Humpf", macht Ringelnatz. „Na gut." Er flattert auf den Kesselrand, nimmt einen Tropfen Zaubertrank und augenblicklich wird sein Gefieder grün!

„*Kraaa!*", schreit er entsetzt. „Ich seh ja aus wie ein Grünspecht!"

„Oh Mist, ich hätte fünfmal nach links und dreimal nach rechts rühren müssen!", ruft Lulu und rührt fieberhaft im Kessel. „So, jetzt!"

Wieder nimmt Ringelnatz einen Tropfen. *Plopp, plopp, plopp*, bekommt er vom Kopf bis zur Schwanzfeder kunterbunte Tupfen.

„Schick!", sagt er zufrieden. „Und schlank wirke ich auch, oder nicht?"

Lulu lacht. Vielleicht wirkt der Zaubertrank bei Raben ja anders als bei Hexen? Aber schicker als die Hexe Hibiskus sieht Ringelnatz allemal aus!

# Pizza, Pizza

*„Spaghetti mit Tomatensoße. Blumenkohl mit Kartoffeln. Reis mit Erbsen. Brokkoliauflauf. Nudelsuppe.“* Maja, die Erzieherin in der Kindertagesstätte, liest den Speiseplan für die kommende Woche vor.

„Immer das Gleiche“, ruft Ferit.

„Total langweilig“, stimmt Ella zu.

Maja überlegt. „Okay. Was haltet ihr davon, wenn wir selber mal kochen? Alle zusammen. Hier geht das leider nicht. Aber vielleicht kennt jemand von euch einen, der eine große Küche hat?“

Matteos Finger saust in die Höhe. „Meine Tante Anna hat eine Pizzeria. Sie hat bestimmt nichts dagegen, wenn wir kommen.“

Gesagt, getan. Ein paar Tage später marschieren alle Gruppenkinder in die Pizzeria. Zuerst knetet Tante Anna echten Pizzateig mit ihnen. Jedes Kind darf sein Stück Pizza selbst belegen. Dafür kommt natürlich Tomatensoße auf den Boden. Maja belegt ihren Teig als Erste. Mit einem Stück Paprika und zwei Oliven macht sie ein lustiges Gesicht aus der Pizza.

Elif kann das auch. Sie baut ein Pizzagebirge mit vielen Champignons.

Ruben legt einen Stängel Schnittlauch auf seinen Pizzaboden, das wird der Fahnenmast. Ein Stück Salami schneidet Ruben zu einer Fahne. Das sieht echt klasse aus! Leila lässt sich besonders viel Zeit beim Belegen. Aus Tomatensoße und Salami gestaltet sie einen Fußball.

„*Wow!*“ Erzieherin Maja staunt. „Spielst du selbst Fußball, Leila?“

Leila kichert. „Mein Papa arbeitet in einer Firma, die Fußbälle herstellt. Und ich bin im Verein.“

„Und wir sind jetzt auch ein Verein“, ruft Ferit. „Der Pizza-Verein.“

Alle Kinder lachen. Als die Pizzen fertig sind, futtern alle ihre besonderen Kunstwerke auf. So lecker!

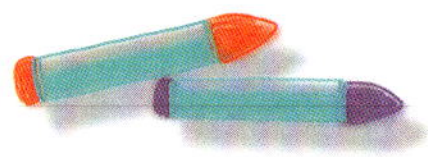

# Leylas Bild

Leyla legt die Wachsmalkreiden beiseite und betrachtet kritisch ihr Bild. Die Beine von dem Pferd sind viel zu lang!

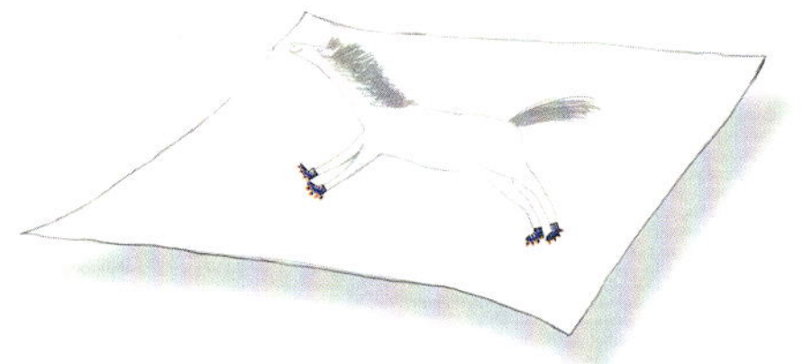

„Hü-hüüüü-pfrrrr“, wiehert das Pferd. „Ich gefalle mir ausgespfrrrrochen gut.“

„Was?“, ruft Leyla erschrocken.

„Hüü-hüüü“, wiehert das Pferd. „Entschpfrrrruldige bitte meine Ausspfrrrrache. Menschisch ist für uns Pferde schpfierig.“

Leyla glaubt ihren Augen und Ohren nicht. Das Pferd spricht mit ihr! Das Pferd aus ihrem Bild. Jetzt hebt es erst ein Bein, dann das andere.

„Schpföööön“, seufzt das Pferd. „Malst du mir Rollschpfuhe?“

„Rollschuhe?“, fragt Leyla perplex. „Du kannst Rollschuh laufen?“

„Mal schpfauen“, wiehert das Pferd und grinst breit. „Och, die sind wunderbar!“, jubelt es und betrachtet die Rollschuhe, die ihm Leyla unter die Hufe malt.

Wackelig fährt das Pferd eine Runde durch das Bild. Die zweite Runde fährt es schon richtig gut. Bei der dritten dreht es Pirouetten und macht einen Salto in der Luft.

„*Jü-hüüüü!*“, jubelt es und bleibt stehen. „Steig auf!“, fordert es Leyla auf.

Inzwischen wundert sich Leyla über gar nichts mehr. Sie geht auf dem Stuhl in die Hocke und landet mit einem Satz auf dem Rücken des Pferds. „Pfest halten!“, ruft es.

Der Wind saust Leyla um die Nase. Das Pferd braust über die Weide, springt über den Zaun und landet auf einem Feldweg. Aber schon bald rollert es über eine Landstraße – und überholt einen Traktor! „Das sind tolle Rollpfuhe!“, sagt es. „Danke, Leyla!“

Leyla will gerade antworten, da sitzt sie wieder an ihrem Schreibtisch … vor ihrem Bild. Leyla lächelt. Das Bild ist wirklich richtig gut geworden!

# Wo ist Katze Maunzi?

„Hast du Maunzi gesehen?“, fragt Klea ihren kleinen Bruder.

Joris überlegt. „Eigentlich schon seit gestern Abend nicht mehr“, sagt er. „Meinst du, sie ist abgehauen?“

„Nie im Leben“, sagt Klea entschieden. „Es geht ihr gut bei uns. Komm, wir suchen sie.“

Joris nickt eifrig und schaut unter den Schrank. „Hier ist sie nicht“, stellt er fest.

„Dummi“, sagt Klea. „Da wäre sie doch von allein rausgekommen. Bestimmt wurde sie aus Versehen irgendwo eingeschlossen.“ Sie rennt voraus zum Heizungskeller. Maunzi ist nämlich eine sehr neugierige Katze: Sobald eine Tür offen steht, schlüpft sie in den Raum, um sich umzusehen. Und wenn die Tür dann zufällt, steckt Maunzi fest … Aber als sie die Tür zum Heizungskeller öffnen, werden sie von keinem vorwurfsvollen Maunzen begrüßt. Auch oben auf dem Dachboden ist Maunzi nicht. Nicht in der Speisekammer und auch nicht in der Waschküche. Dabei schaut Joris sogar in der Waschmaschine nach! Verzweifelt reißt Klea alle Schranktüren auf. Doch nirgendwo springt ihr eine kleine Katze entgegen.

„Sie ist weg“, flüstert Klea traurig.

„Der Schuppen!“, schreit da Joris und stürmt los. Klea rennt ihm hinterher. Joris reißt die Tür auf – und bleibt stehen.

„Da“, flüstert er und deutet ins Dunkel. Im Licht, das durch den Türspalt fällt, entdeckt Klea sie: Maunzi hat es sich zwischen den Gartenkissen gemütlich gemacht … und um sie herum purzeln vier klitzekleine Kätzchen. Sie schnuppern und suchen an Maunzis Bauch nach Milch. Das sieht so süß aus!

„Maunzi ist Mama geworden!“, raunt Joris verzaubert.

„Du bist wieder da“, flüstert Klea glücklich. „Und jetzt haben wir nicht nur eine Katze, sondern fünf!“

# Zauber-Spiele

Aaaaaaanhalten! Und zwar sofort!“

Mit einem großen Satz hüpft Zauberer Cornelius aus seinem Versteck hinter der hohen Tanne. Direkt vor den Hengst von Ritter Sven von Speckstein. Wie gut, dass das Tier in Wirklichkeit ein Steckenpferd ist und der Ritter der Papa von Cornelius.

„Willst du mir etwas antun?“, ruft Ritter Sven möglichst erschrocken.

Der Zauberer nickt. „Allerdings.“

Sven öffnet das Visier seines Helms. „Willst du mich ausrauben?“

„Nö“, antwortet der Zauberer.

„Willst du mit dem Schwert gegen mich kämpfen?“, fragt der Ritter mit bebender Stimme.

„Nö, keine Lust“, gibt der Zauberer zurück.

Sven von Speckstein beginnt zu zittern. „Was willst du dann?“

Cornelius kichert. „Ich entführe dich.“ Der Zauberer hebt den Zauberstab. „Rutzi, putzi, schnirkelfutzi!“, ruft er und zaubert sich und den Ritter samt Pferd zu seinem Baumhaus-Schlösschen im Wald. Zwei Seile baumeln dort, in einem tiefen Becken lauern drei Seeschlangen. Und in der Mitte der Wiese lodert ein riesiges Feuer.

„Oje“, ruft Sven von Speckstein. „Willst du mich mit dem Seil an einen Baum binden? Oder sollen mich die Seeschlangen auffressen oder …?“

„Quatsch“, unterbricht ihn Cornelius. „Ich habe hier wunderbare Wettspiele hingezaubert. Erst Klettern am Seil. Danach Schlange mit bloßen Händen aus dem Teich ziehen. Und dann ein Wettbewerb im Würstchengrillen am offenen Feuer. Hast du Lust, gegen mich anzutreten?“

Erleichtert lacht Sven von Speckstein los und springt vom Pferd. „Das hört sich ziemlich gut an. Na dann – zieh dich warm an, Zauberer Cornelius!“

# Mamas Mitbewohner

Noemi legt ihre Hände auf Mamas runden Bauch. Ganz still hält sie. Und dann spürt sie etwas. Eine winzige Beule. Noemi reißt die Augen auf.

Mama lächelt. „Babyturnstunde“, sagt sie.

„War das sein Fuß?“, fragt Noemi aufgeregt.

Mama nickt. „Bestimmt spürt er deine Hände und will mal nachschauen, wer da ist.“

Noemi stutzt. Dann beugt sie sich vor, fast berühren ihre Lippen Mamas Bauchnabel. „Böhnchen?“, wispert sie. „Hörst du mich?“

Böhnchen, so nennen Mama und Papa ihren kleinen Bruder. Dabei ist er inzwischen schon so groß wie ein kleiner Kürbis, hat Mama erklärt.

„Ich bin’s, Noemi“, flüstert Noemi. „Deine große Schwester.“

Da! Wieder spürt sie Böhnchens Fuß. Und den zweiten. Mama stöhnt leise. Noemi schaut erschrocken auf. „Tut er dir weh?“

Mama schüttelt den Kopf. „Meistens nicht.“

Noemi streichelt über Mamas Bauch. „Du darfst Mama nicht so treten, Böhnchen, hörst du?“

Mama lacht. „Aber Noemi, das ist doch ganz normal. Du hast auch so gestrampelt. Vor allem, wenn ich Musik gehört und dazu getanzt habe. Dann wolltest du mittanzen.“

„Echt?“, fragt Noemi. Ungläubig starrt sie auf Mamas Bauch. Dass sie da mal drin gewesen sein soll, weiß sie ja. Aber zum Tanzen ist da doch gar kein Platz … Wieder legt sie ihre Lippen dicht vor Mamas Bauchnabel. „Böhnchen? Ich freu mich schon auf dich. Wenn du da bist, tanzen wir zusammen, ja?“

Wieder spürt Noemi einen sanften Tritt! „Ich glaube, Böhnchen hat Ja gesagt!“, jubelt sie.

Mama streichelt Noemi über das Haar. „Natürlich hat er das“, sagt sie sanft. „Und du, meine Süße, wirst eine ganz tolle große Schwester!“

# Der Gesang der Wale

Was für ein Glitzern! Was für ein Strahlen!

Mobby, der kleine Wal, ist begeistert, wie schön das Meer ist. Vor allem, wenn man zum ersten Mal allein unterwegs ist. „Heja, seht mal, wie ich hüpfen kann!", ruft er den anderen Walkindern zu. „Und wie tief ich tauche!"

Mobby hüpft aus dem Wasser, springt wieder in die Fluten und sinkt immer tiefer ins dunkle Blau. Eine Horde Clownfische schwappt an ihm vorbei und winkt mit den Flossen. Zahlreiche Muscheln klappern begeistert mit ihren Schalen. Algen und Seeanemonen wiegen sich im Takt von Mobbys Bewegungen. Der kleine Wal blubbert fröhlich. Das Meer ist ein einziger Fischkindergarten, hier kann Mobby überall toben und spielen. Neugierig folgt der kleine Wal einer Gruppe lustiger Delfine. Was die für Faxen machen! Immer weiter entfernt er sich dabei von seiner Familie. Und plötzlich … „Heja? Wo seid ihr? Papa, Mama? Tante und Onkel Wal, hallooo!"

Doch Mobby bekommt keine Antwort. Kein einziger Wal ist mehr in der Nähe. Verfischt noch mal, Mobby hat sich verschwommen!

Und alleine ist das Meer auch gar nicht mehr so schön. Eher unheimlich. Gerade will sich Mobby hinter einem riesigen Fingertang verstecken, da hört er es: ein Pfeifen und Quietschen und Klicken. Das ist der Gesang der Wale! Mobbys ganze Familie sucht ihn mit diesen Lauten. Erst ist ihr Gesang noch ziemlich weit weg, aber dann kommt er immer näher. Mobby pfeift und klickt so laut er kann. Und dann ist Mama Wal da. Und Papa Wal und alle anderen! Walflink schwimmen sie zu ihm und nehmen Mobby mit nach Hause. So ist das Meer wieder wunderschön!

# Die Könige der Baustelle

Seit Tagen wollen Benita und Titus morgens ganz früh in den Kindergarten. Nebenan ist nämlich eine riesige Baustelle. Ein Schwimmbad mit drei Becken wird dort gebaut. Turmhohe Kräne stehen auf dem Gelände, Schaufelbagger graben tiefe Löcher, Gebirge aus Erde wachsen dort.

„Können wir alles aus der Nähe ansehen?", fragt Titus seinen Papa.

Der schüttelt den Kopf. „Kinder dürfen nicht auf Baustellen."

In diesem Moment öffnet sich die Tür eines silbernen Baggers in der Nähe und ein Mann steigt heraus.

„Das ist unser Nachbar. Hallo, Herr Rübchen!" Benita winkt wie verrückt. „Haaaaaalloooo!", schreit Titus.

Herr Rübchen bleibt erstaunt stehen. „Titus und Benita, was macht ihr denn hier?"

„Wir gucken mit Papa", antwortet Titus.

Benita nickt. „Arbeitest du hier, Herr Rübchen? Können wir mal rein?"

Herr Rübchen schmunzelt. „Kein Problem, solange ihr bei mir bleibt."

Papa ist einverstanden und hebt zunächst Benita, dann Titus über den Zaun. Erst sehen sie sich die tiefen Löcher auf der Baustelle an. Dann zeigt ihnen Herr Rübchen die Kräne und die polternden Betonmischmaschinen. Zum Schluss dürfen sie in seinem Bagger mitfahren. „Ihr sagt mir, wo es hingehen soll, Kinder. Ich bitte um Befehle, Herr und Frau Königin!" Über das ganze Gelände lassen sich die Kinder kutschieren, einmal rundherum. Auf ihr Kommando senkt und hebt Herr Rübchen die Baggerschaufel. Wie aufregend!

„Und jetzt bringe ich euch wieder zu eurem Papa zurück", erklärt Herr Rübchen.

Benita nickt zufrieden. „Der wird staunen."

„Genau", bestätigt Titus. „Weil wir jetzt die Könige der Baustelle sind."

Betreten der Baustelle
verboten

# Geht doch!

Was für ein herrlicher Frühlingstag." Mama Reh stupst ihr Kitz Flecki mit der Schnauze an. „Komm, spiel mit den anderen Waldtieren!"

Auf der Lichtung toben ein paar Fuchskinder, vier Wildschweinchen suhlen sich an einem Bach. Daneben spielen drei Rehkitze Verstecken hinter Büschen und Bäumen. Doch Flecki schüttelt den Kopf. „Ich traue mich nicht."

Mama Reh zupft Flecki sanft am Ohr. „Sie tun dir doch nichts. Geh schon!" Kopfschüttelnd beobachtet sie, wie Flecki ein paar Schritte macht und sich hinter einer Tanne verbirgt.

Mama Reh trabt zu ihrem Kitz. „Komm schon, Flecki. Der Wald ist dein Kindergarten. Und die anderen Tiere werden deine Freunde."

Doch Flecki bleibt stocksteif bei seiner Mama stehen. Eine Weile beobachten Mama Reh und Flecki die spielenden Tiere. Ein niedliches Kitz fällt Mama Reh besonders auf. Mama Reh kennt das Rehkind. Es ist Fleckis Cousine. Sie heißt Stupsi und lebt eigentlich auf einer anderen Lichtung. Liebevoll sorgt sich Stupsi um einen kleinen Hasen, der in eine Grube gefallen ist.

„Warte hier, Flecki", sagt Mama Reh und läuft zu Stupsi. „Kleine Stupsi, könntest du dich auch ein bisschen um Flecki kümmern? Er ist so schüchtern."

„Aber klar, sehr gern." Stupsi läuft sofort los. „Hallo, Flecki. Ich bin deine Cousine Stupsi. Ich stelle dir die anderen gleich vor. Sie sind total nett." Stupsi scharrt mit den Hufen. „Endlich brauchen wir unsere Eltern nicht mehr. Wir sind jetzt groß und bestimmt werden wir dicke Freunde."

„Meinst du?" Fleckis Ohren wackeln vor Freude. „Dann bin ich dabei!"

Mama Reh zwinkert Stupsi verschwörerisch zu. „Danke dir", flüstert sie leise.

# Juri ist doch ein Ritter!

Juri ist ein Ritter. Er hat sich eine Ritterrüstung aus Pappkarton gebastelt. Dazu trägt er einen blauen Umhang und einen Helm mit einer langen Feder drauf. Auf den Schild hat er einen Löwen gemalt. Er ist der Löwenritter.

„Cool“, meint Ayla.

„Wieso hast du denn einen Karton auf dem Kopf?“, fragt Bill fies. „Glaubst du, es regnet im Kindergarten?“

„Bestimmt will er seine dicke Nase verstecken!“, piesackt Eileen.

„Ich hab keine dicke Nase!“, will Juri brüllen. Aber ein Ritter brüllt ja nicht so unhöflich herum. Deswegen erklärt er freundlich: „Ich bin ein Ritter und helfe allen, die in Not sind.“

Eileen und Bill schauen sich an und tippen sich an die Stirn. „Du bist ja doof!“, sagt Bill und Eileen stupst Juri so sehr, dass der Helm verrutscht und Juri nichts mehr sehen kann.

Auch später, als sie im Garten spielen, kichern sie jedes Mal, wenn sie Juri sehen. Traurig wirft Juri den Löwenschild weg und zieht den Helm vom Kopf. So macht das Ritterleben überhaupt keinen Spaß.

„*Aua!*“, weint Vincent. Juri schaut auf. Vincent ist hingefallen! Er reibt sich das Knie. „*Au-huhu!*“

Sofort rennt Juri zu ihm und kniet sich vor Vincent hin. Seine Hose ist zerrissen, das Knie blutet sogar! Vorsichtig tupft Juri mit einem Zipfel vom blauen Ritterumhang den Schmutz weg und pustet auf die Wunde. „Schau mal“, sagt er tröstend. „Es ist schon wieder gut.“ Er reicht Vincent die Hand und hilft ihm behutsam auf.

Die anderen Kinder umringen die beiden. Ayla sieht Juri ernst an. „Weißt du was?“, sagt sie. „Für mich bist du ein richtig echter Ritter.“

# Milchkaffee macht müde Mamas munter

Maaaamaaa!", ruft Levke und läuft in den Garten. „Mama, spielst du mit mir?"

„Grmpf", hört Levke nur aus dem Liegestuhl. Oh nein, Mama schläft! Mama wecken will Levke nicht. Dann ist sie grummelig. Aber allein spielen will sie auch nicht. Levke überlegt und hat eine Idee. Sie muss ihre müde Mama wieder munter machen! Schnell läuft sie in die Küche. Wie die Kaffeemaschine angeht, weiß sie schon, das hat Papa ihr gezeigt. Man muss nur auf den Knopf drücken und ein Kaffeepad einlegen, wenn die Lampe nicht mehr blinkt. Levke stellt eine Tasse drunter. *DRRRR-GRUUUUU-PFLÖÖÖÖ*, macht die Maschine. Muss die immer so einen Krach machen? Als der letzte Tropfen in die Tasse fällt, gießt Levke noch Milch hinzu und stellt den Milchkaffee auf ein Tablett. Dann schiebt sie den Hocker ans Regal, holt die Keksdose herunter und stellt auch die aufs Tablett.

Vorsichtig balanciert Levke es hinaus in den Garten. Als sie es auf dem Gartentisch abstellt, schwappt die Tasse nur ein bisschen über. Levke nimmt sie und hält Mama den Kaffee unter die Nase. Mama schnuppert. Dann öffnet sie ein Auge und dann das andere.

„Hmmmm", macht sie genießerisch und nimmt Levke die Tasse ab. „Danke dir, Schatz! Das ist ja ein richtiges Verwöhn-Picknick!" Sie rutscht auf dem Liegestuhl beiseite, dass sich Levke an sie kuscheln kann. Genüsslich knabbern sie die Kekse. Das ist mindestens so schön wie spielen, findet Levke.

„Na, hier sieht es ja gemütlich aus!", sagt Papa lachend, als er in den Garten kommt. „Habt ihr auch noch einen Platz für mich?"

Levke kichert. „Da kracht der Liegestuhl zusammen! Aber wir haben dir einen Keks übrig gelassen!"

# Besuch im Wildpark

Tante Doro gibt Suri einen Euro. Den wirft sie in den großen grünen Automaten, zieht kräftig an einer der Schubladen und nimmt die kleine Pappschachtel mit Wildfutter heraus.

„Wen füttern wir als Erstes?“, fragt Tante Doro und nimmt Suris Hand. Rechts liegt die große Wiese, auf der die Wisente stehen und träge kauen. NICHT FÜTTERN steht auf einem Schild. Hier darf Suri ihr Futter also nicht verteilen. Aber links vom Weg ist die Weide mit den Mufflons. Die Wildschafe kommen neugierig näher. Suri nimmt einige Futterbröckel aus der Packung und wirft sie ihnen zu. Die Schafe glotzen sie an und zucken nur mit den Ohren.

„Gehen wir zu den Wildschweinen“, schlägt Tante Doro vor.

Als Suri mit der Schachtel klappert, kommen die Wildschweine quiekend angerannt. Suri legt die Futterbröckel in ein Rohr, das ins Gehege ragt. Wie auf einer Rutsche gleiten die Bröckel hinab. Grunzend wühlen die Wildschweine im Matsch rund um das Futterrohr, stoßen sich gegenseitig weg und stampfen die Bröckel noch tiefer in den Dreck.

„Ich habe eine Idee“, sagt Tante Doro leise. „Komm.“ Sie führt Suri zu einem Gehege. Suris Herz klopft. Die Rehe! Behutsam kommen sie näher. Suri kippt sich Futter in die Hand und streckt sie durch den Zaun. Ein Reh schnüffelt und holt sich mit den Lippen die Bröckel von ihrer flachen Hand. Das ist ein bisschen feucht und vor allem ganz weich. Und es kitzelt, aber angenehm. Immer wieder füllt Suri ihre Hand, bis die Schachtel leer ist. „Ich mag Rehe“, seufzt sie.

„Und die Rehe mögen dich“, sagt Tante Doro lächelnd.

# Wichtel Bente im Storchennest

Na, da hat sich Wichtel Bente ja etwas eingebrockt! Da sitzt er nun hoch oben in einem Storchennest.

„Dreimal verquirlter Froschlaich!“, flucht Bente leise. Wie soll er hier runterkommen? Was muss er sich auch immer einmischen! Als sich die Störchin am Teich Friedemann Frosch schnappen wollte, der auf seinem Seerosenblatt träumte und nichts mitbekam, da hatte sich Bente dazwischengeworfen. Bente ist kein Held. Aber wenn jemand seine Freunde fressen will, hört der Spaß auf. Allerdings hat die Störchin dann *ihn* in den Schnabel genommen und ins Storchennest gebracht!

„Du bist aber kein Frosch!“, stellt ein kleiner Storch fest und pickt ihm in den Hintern.

„*Au!*“, ruft Bente. „Frechheit!“

„Der Frosch ist ganz schön böse“, piepst der zweite kleine Storch.

„Ich bin ein Wichtel, bitte schön!“, protestiert Bente.

„Ich glaub, Mama hat dich verwechselt“, flüstert der dritte kleine Storch. „Sie ist ein bisschen kurzsichtig, weißt du. Wenn sie gleich wieder losfliegt, klammerst du dich einfach an ihrem Bein fest. So kommst du nach Hause. Gute Reise!“

„Danke!“, flüstert Bente und wickelt fix den Bart um das Bein der Störchin als Anschnallgurt. Und schon geht, *hui!*, die Reise wieder los. Vorsichtig schaut Bente nach unten. Da ist der Teich! Kurz holt er Luft und dann springt er. *PLATSCH!*, landet er im Wasser.

„Hast du gebadet, Kumpel?“, wundert sich Friedemann Frosch. Typisch, er hat nichts mitbekommen! Bente wringt das Wasser aus dem Bart und seufzt. „Ja, mein Freund.“

# Ein besonderer Drachen

Anka hat mit Opa einen Drachen gebaut. Genau so, wie ihn Opa schon als kleiner Junge gebaut hatte: aus Holzleisten, Schnur und Transparentpapier. Zum Schluss zurrt Opa die Drachenschnur fest.

„Jetzt können wir ihn ausprobieren“, sagt er.

Aufgeregt rennt Anka vor Opa her auf die große Wiese vorm Dorf. Hier sind schon einige Kinder und lassen Drachen steigen. Die Drachen sind alle gekauft: Muskelbepackte Schildkröten, Eisprinzessinnen und Drachenreiter fliegen im Wind.

„Dann wollen wir mal“, sagt Opa und drückt Anka die Spindel mit der Schnur in die Hand. „Geh ein paar Meter voraus, dann rennen wir los. Und wenn der Wind den Drachen ergreift, lasse ich los. Dann musst du weiterrennen, was das Zeug hält. Ja, Anka?“

Anka nickt und blickt auf den Drachen. Er kommt ihr plötzlich plump und klobig vor. Ob der überhaupt aufsteigen kann? Bestimmt werden sie die anderen Kinder auslachen. Anka seufzt. Opa sieht so glücklich aus. Also läuft sie los. Sie rennt, so schnell sie kann. Plötzlich spürt sie einen Ruck in der Spindel. Opa hat den Drachen losgelassen. In hohem Bogen schießt er in den Himmel hinauf. Der Schwanz windet sich, die Schleifen flattern. Anka rennt und lässt dabei immer mehr Schnur von der Spindel.

„Das reicht!“, ruft Opa. Anka bleibt stehen. Der Drachen kreiselt im Wind.

„Ist der schön!“, seufzt eine ältere Dame, die ihren Hund Gassi führt. „So einen habe ich mal mit meinem Vater gebaut.“ Anka bemerkt, dass auch andere Leute stehen geblieben sind und ihren Drachen bewundern. Ihren Papierdrachen, nicht die modernen Plastikgestelle.

Anka lächelt. Ihr Drachen ist mehr als nur Leisten, Papier und Schnur. Er ist etwas Besonderes. In ihm steckt Liebe.

# Ein Wikingerhelm für Arni

Arni sitzt am Meeresufer und lässt die Beine ins Wasser baumeln. Nur ein paar Meter von ihm entfernt liegt das vollbeladene Wikingerschiff, mit dem sein Vater und die restliche Mannschaft bald in See stechen. Zu gern würde Arni mitfahren, aber dafür ist er noch zu klein.

„Kann ich wenigstens einen Wikingerhelm haben? Wenn ich schon nicht mitfahren kann“, bettelt Arni, als sein Vater Ulf vorbeikommt. „So einen wie du!“

Ulf trägt einen besonders schönen Helm aus glänzendem Eisen. „Leider nein, Junge. So einen musst du dir erst noch verdienen.“

Als Arni abends im Bett liegt, kann er an nichts anderes denken. Wie wäre es, wenn er sich heimlich aufs Schiff schleichen und dort verstecken würde? Dann könnte er sich im Kampf beweisen und einen Helm bekommen. Still und vorsichtig packt Arni seine Kleider und huscht nach draußen. Seine Augen müssen sich erst noch an die Dunkelheit gewöhnen. Nur über dem Meer ist es ein bisschen heller. Bis auf den großen Schatten am Horizont. Arni kneift die Augen zusammen. Ein Schatten? Er sieht genauer hin. Nein, das ist kein Schatten, das ist ein Schiff. Ein Wikingerschiff! Arni schluckt. Es steuert genau auf sein Dorf zu. Und auf das vollbeladene Schiff mit dem Proviant, den Helmen, Schwertern, Äxten, Speeren und Schilden.

„Überfall!“, brüllt Arni so laut er kann. „Wir werden angegriffen!“

Sofort stürmen alle Wikinger aus ihren Häusern, rennen zu ihrem Schiff und bewaffnen sich. Drohend stellen sich alle am Ufer auf.

„Sie drehen ab!“, ruft Ulf und deutet auf das fremde Schiff. „Die Kerle wollten uns wohl im Schlaf überfallen. Aber du hast uns gerettet. Arni lebe hoch!“ Stolz läuft er zu seinem Sohn und wirft Arni ein paarmal in die Luft. Alle Wikinger jubeln und hämmern auf ihre Schilde. „Mein Sohn hat sich seinen ersten eigenen Wikingerhelm verdient.“

# Kribbel-krabbel-Käfer

Vier rote Käfer mit dunklen Punkten sitzen auf vier grünen Blättern. Mitten auf dem Küchentisch von Ezra und ihrer Mama. Mit dem Zeigefinger tupft Ezra nacheinander auf die Käferrücken.

„Ich würde so gern einen aufessen“, flüstert Ezra.

Mama lacht. „Untersteh dich! Die Schokokäfer müssen auf den Einladungen für deinen Kindergeburtstag kleben bleiben. Aber hier ist noch einer für mein Käferkind.“

Ezra fummelt das Papier ab und stopft sich die Schokolade in den Mund. „Hmmm, das wird ein feiner Geburtstag.“

Und wirklich! Acht Tage später stehen vier als Marienkäfer verkleidete Kinder in Ezras Garten. Ezras Eltern haben alles mit Luftballons dekoriert. Rote mit schwarzen Punkten natürlich. Ezra trägt ein Marienkäfer-Kostüm, das ihr Omi zum Geburtstag genäht hat.

„Kommt, Kinder, wir spielen *Käferchen, flieg!*“, schlägt Ezras Mama vor.

Alle fünf Käferkinder laufen im Kreis zur Musik. Wenn sie sich berühren, rufen sie „Summ, summ, Käfer“. Immer wilder rennen Ezra und ihre Freunde im Kreis herum. „Stop! Trinkpause“, erklärt Papa. Es gibt roten Saft mit schwarzen Strohhalmen aus Papier. Als Nächstes sausen die Käferkinder durch einen Parcours aus Stoffröhren, Tischen zum Darunterkrabbeln und einem Trampolin zum Käferhüpfen. Danach sind alle ganz kaputt.

„Wer möchte Käferkuchen?“, fragt Ezras Mama und deutet auf die Muffins mit den Marzipankäfern darauf.

„Lecker!“, rufen alle Käfer.

Zum Schluss packt Ezra ihre Geschenke aus und dann malt jedes Kind noch ein wunderbares Käferbild mit Fingerfarbe. Als Ezra ihre Gäste schließlich verabschiedet, gähnt sie ausgiebig. „Kann ich jetzt ins Bett? Bestimmt müssen Marienkäfer ganz viel schlafen. Gute Nacht.“

# Die Vollmond-Vollversammlung

Pitti Wolf ist aufgeregt. Heute Nacht ist Vollmond. Mama und Papa werden ihn zum ersten Mal zum Versammlungsfelsen mitnehmen. Dorthin, wo sich alle großen Wölfe treffen, um den Mond anzuheulen.

„Bist du bereit, Pitti?“, fragt Papa Wolf.

Statt einer Antwort jault Pitti so laut er kann: „*Huhuuuu!*“

Papa nickt zufrieden und Pitti atmet erleichtert auf. Wie gut, dass er so viel geübt hat!

„Dann kann es ja losgehen“, sagt Mama und leckt Pitti aufmunternd über den Kopf.

Als sie am Felsen ankommen, sind schon alle Wölfe da. Sie nicken Mama, Papa und Pitti schweigend zu. Alle starren gespannt auf die Baumwipfel der Tannen, die sich schwarz vom dunklen Nachthimmel abheben.

Mit einem Mal erscheint der Mond über den Tannenspitzen. Und im selben Augenblick tritt eine alte Wölfin auf den Versammlungsfelsen. Luvia, die Leitwölfin! Majestätisch legt sie den Kopf in den Nacken und lässt ein lang gezogenes Heulen ertönen. Es ist kaum verhallt, da fallen alle Wölfe ein. Mama nickt Pitti zu. Pitti holt tief Luft und heult. So hat er noch nie geheult! Er heult den Mond an, der hell über ihm leuchtet und lächelt, und er weiß, dass der Mond ihm zuhört. Hell und klar schallt Pittis Heulen über dem der anderen Wölfe.

Als der Mond untergeht, ist das Konzert vorbei.

„Mit deiner Stimme hast du unseren Wolfsgesang heute Nacht wunderbar bereichert“, sagt Luvia da. Sie steht vor Pitti und ihre bernsteinfarbenen Augen leuchten freundlich. „Gut gemacht, kleiner Wolf“, lobt sie. „Du bist nächsten Monat doch wieder dabei?“

Pitti schaut Mama und Papa an, die ihn stolz anlächeln. „Geht klar!“, ruft er glücklich.

# Freiheit für den Wasserflitzer!

Kosmas hat einen Klumpfuß, schon von Geburt an. Sein Fuß dreht sich nach innen. Damit er laufen kann, trägt er eine speziell angefertigte Schiene. Kosmas kommt gut damit klar, nur manchmal nervt ihn das Ding. Wie heute. Papa möchte Kosmas aufmuntern. „Wir könnten unser Schiffchen fertig bauen. Und dann lassen wir es auf dem Wildbach fahren."

Kosmas nickt begeistert. Er holt den Holzleim, um den kleinen Mast am Schiff zu befestigen. Und das winzige Stofftaschentuch, das als Segel dient. Mit einem wasserfesten Stift schreibt Papa *Wasserflitzer* auf den Rumpf.

„Fertig", sagt Kosmas zufrieden.

Mit dem Auto fahren sie zu einer Stelle, an der sie das Boot ins Wasser lassen können. *Wosch!* Mit Karacho saust der Wasserflitzer davon, hüpft über die Wellen und saust zu der Stelle, an die Papa schon gelaufen ist. *Zack!* Mit einem beherzten Griff fischt er das Boot aus dem Wasser.

„Noch mal!", ruft Kosmas von weiter oben. „Gleich noch mal!"

Dieses Mal lässt Kosmas sein Boot ins Wasser gleiten. Der Wasserflitzer schwimmt erst gleichmäßig davon. Doch auf einmal wird er von Strudeln hin- und hergeworfen, schwimmt schneller und wilder.

„Ich krieg ihn nicht!", ruft Papa. „Unser Wasserflitzer schwimmt davon!"

„Renn, Papa!" Kosmas sieht dem Boot hinterher. Aber es ist längst außer Reichweite. „Wenn *ich* laufen könnte, dann hätte ich unser Boot geschnappt!"

Papa legt ihm den Arm um die Schultern. „Wenn du deine Schiene fleißig trägst, wirst du abzischen wie unser Wasserflitzer."

Kosmas schluckt. „Meinst du?" Aber dann holt er tief Luft. „Unser Schiffchen ist frei und kann hinschwimmen, wo es will. Und bald kann ich hinlaufen, wohin ich will. Solange bauen wir einfach ein neues Boot. Oder, Papa?"

Papa grinst. „Auf jeden Fall, Kumpel."

# Das feenwunderbarste Kleid

Mein neues Kleid ist wunderschön, heute werde ich damit zum Feenball gehn! Wunderschön, wuuuunderschön!“ Vorsichtig hüpft die kleine Fee Livia über die erbsengrüne Wiese. Vorbei an den Blumen, Käfern, Schmetterlingen und Pilzen, die sie bewundernd anstarren. Livias hellblaues Kleid mit den goldenen Sternchen wippt im Takt ihrer Bewegungen. „Da staunt ihr, was?“ Livia macht einen Knicks nach hier, einen nach da. „Ich probiere mein Ballkleid aus und muss aufpassen, damit …“

„Livia, mach mit!“, betteln ihre drei besten Freundinnen. Sie wollen gerade anfangen zu spielen. „Ohne dich klappt unser Wurfspiel nicht.“

Livia schüttelt den Kopf. „Lieber nicht. Sonst reißt mein Kleid!“

„Aber wir brauchen dich!“, rufen die Feenkinder. „Bitte!“

„Na gut. Aber nur, weil ihr so drängelt!“ Livia stellt sich aufs Spielfeld. Sie fängt und wirft und lacht und … stolpert plötzlich über eine dicke Wurzel. *Ratsch!* Ein langer Riss ist im Kleid und dicke Tränen kullern über Livias Wangen. Das neue Kleid ist schon kaputt. Und sie war noch nicht mal auf dem Feenball! „Mein Kleid, mein wunderschönes Kleid. Es ist ganz zerrissen!“

Livia ist so betrübt, dass sie gar nicht merkt, wie sich eine weiche Hand auf ihre Schulter legt. Jemand hebt sachte ihren Kopf in die Höhe. Als Livia aufschaut, steht die Feenkönigin vor ihr. „Was für ein feenfeines Kleid. Damit wolltest du sicher zu meinem Ball kommen.“ Die Feenkönigin nimmt eine kleine Portion Feenpulver und lässt sie auf den Riss schneien. Sofort schließt er sich, das Kleid ist wie neu. „Alles wieder gut, kleine Fee. Spielen und Freunde sind wichtiger als schöne Kleider.“ Sie winkt und flattert davon. „Bis bald, Livia! Wir sehen uns heute Abend!“

# Fünikülöör

Samu legt den Kopf in den Nacken und starrt am Berg hinauf. „Puh, die Seilbahn geht ganz schön steil nach oben", sagt er.

„Fü-ni-kü-lääär!", sagt Madita und kichert. So wird die Bergbahn auf Französisch ausgesprochen. Und weil sie an einem Berg in den französischen Alpen hochfährt, wo sie gerade Sommerurlaub machen, heißt sie nun einmal *funiculaire*.

Die Geschwister staunen, als die kleine Bahn von oben in die Station einfährt. Papa knipst ein Foto nach dem anderen. Mama klaubt die Taschen, Sonnenhüte und Rucksäcke zusammen. „Los geht's", sagt sie und schiebt Madita und Samu an dem jungen Mann vorbei, der die Karten abreißt.

„Venez, kommt!", ruft er den Kindern zu und winkt sie zu sich in den kleinen Führerstand. Madita und Samu betrachten staunend den verschörkelten gusseisernen Hebel. Die Bergbahn ist schon sehr alt, aber natürlich prüfen die Techniker ständig, dass sie noch so gut funktioniert wie am ersten Tag. Der junge Mann legt den Hebel um und schon rattert die Bahn auf den Schienen am Berg hoch. Ein Seil zieht sie. Das fühlt sich fast an wie fliegen, nur viel langsamer, findet Madita.

In der Bergstation oben gibt es ein kleines Café. Mama und Papa möchten einen Kaffee trinken und die Aussicht genießen.

„Ön kroasong", bestellt Madita.

„Ön schokola scho", bestellt Samu.

Stolz nicken sie sich zu, als Madita ein duftendes Croissant und Samu eine dampfende Tasse Kakao in den Händen halten. Französisch ist gar nicht so schwer! Und wenn sie nachher mit dem Fünikülär wieder herunterfahren, wollen sie den netten jungen Mann mal fragen, ob sie die Glocke läuten dürfen. Die macht dann bestimmt *klöngölöng*. Ist ja Französin, die Glocke.

# Tatütata, die Feuerwehr ist da!

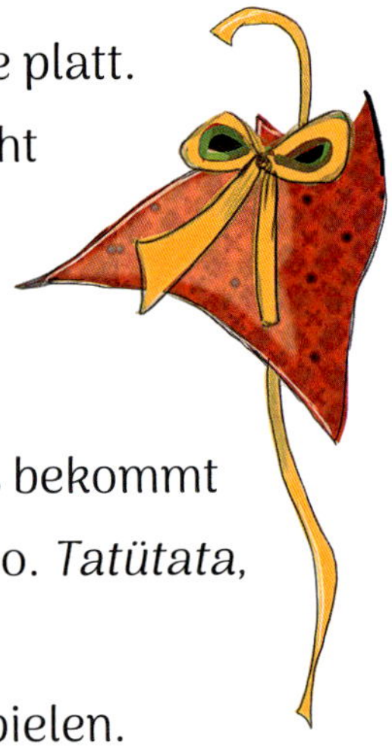

Mats und Miko drücken sich die Nasen an der Fensterscheibe platt. Wo Tante Laura nur bleibt? Ihre Tante war schon lange nicht mehr da und hat versprochen, ihnen etwas mitzubringen.

„Da ist sie!“ Miko flitzt zur Haustür.

„Hast du uns etwas mitgebracht?“, ruft Mats.

Tante Laura lacht und reicht jedem ein großes Päckchen. Mats bekommt ein glänzendes Ritterschwert, Miko ein knallrotes Feuerwehrauto. *Tatütata, tatütata*, macht die Sirene, wenn man auf einen Knopf drückt.

„Danke, Tante Laura. Das ist so toll.“ Miko fängt sofort an zu spielen.

Mats legt sein Schwert achtlos auf den Tisch.

„Gefällt es dir nicht?“, fragt Tante Laura.

„Ich will auch ein Feuerwehrauto!“ Mats reißt Miko sein Fahrzeug aus der Hand. „Du kannst das Ritterschwert haben.“

„Ich will dein blödes Schwert nicht!“, kreischt Miko. „Gib mein Auto her.“

Eine Weile rangeln die beiden um das Feuerwehrauto. Mama und Papa versuchen, sie auseinanderzubringen. Mats heult und Miko schreit.

„Ruhe, ihr zwei! Tut mir leid, dass ich Streit verursacht habe“, sagt Tante Laura entschuldigend zu den Eltern von Miko und Mats. „Einmal wollte ich den Zwillingen etwas Unterschiedliches schenken. Aber ich habe geahnt, dass das schiefgehen kann.“

Tante Laura packt das Ritterschwert, läuft damit zum Auto und kehrt mit einem großen Päckchen für Mats zurück.

Wenig später hält der Junge ein Polizeiauto in den Händen. Silbern und blau ist es. *Wiuwiuwiu*, macht das Martinshorn. Sogar das Blaulicht leuchtet!

Glücklich umarmt Mats die Tante, Miko grinst. Und dann geht es los …

*Tatütata! Wiuwiuwiu! Tatütata! Wiuwiuwiu!*

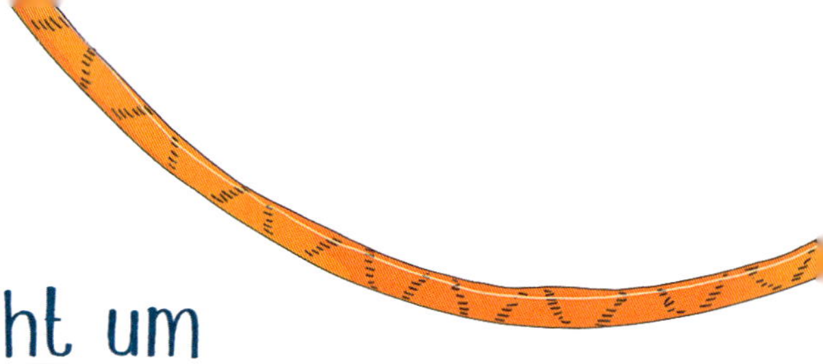

# Familie Maus zieht um

Nanu“, ruft Papa Maus und reibt sich die Nase. Da ist er doch tatsächlich gegen … einen Stiefel gestoßen! Der stand gestern noch nicht da! Geschickt klettert Papa Maus an dem Schaft hoch. Oh, der Stiefel ist mit Fell gefüttert! Und wie herrlich es hier duftet!

„Kommt mal alle her!“, ruft er seine Familie und sofort wuseln Mama Maus und die sieben Mausekinder aus dem Mauseloch. „Ich habe ein neues Zuhause für uns gefunden! Viel gemütlicher als unser Versteck hinter der Fußleiste.“

Die Mäuschen jubeln und holen ihre Sachen: Manni schleppt seinen Lieblingskrümel an. Moni stemmt einen Bleistiftstummel, an dem sie so gern knabbert. Mia rollt eine kleine Murmel vor sich her. Micha fährt auf einem schicken roten Spielzeugauto. Marta schiebt einen Wattebausch vor sich her. Momo balanciert einen Stapel Bücher. Endlich hat alles seinen Platz gefunden. Familie Maus hat ein neues Zuhause! Glücklich toben die Mäuschen auf dem Stiefel umher und schaukeln auf den Schnürsenkeln.

Doch plötzlich bebt die Erde. Schwere Schritte nähern sich. Irgendwo oben, über den Mäuseköpfen, taucht ein großer Fuß auf. Familie Maus hüpft schnell ins Mauseloch. „Ah, hier ist er ja!“, sagt eine tiefe Stimme und dann senkt sich der Fuß. Direkt in Familie Maus’ neues Haus!

„Äh!“, macht die Stimme und eine Hand holt die Kuscheldecke, das Auto, die Murmel und alle anderen Sachen heraus! Und schließlich taucht der Fuß in den Schuh und verschwindet mit ihm.

„Na ja“, sagt Papa Maus. „Dann bleiben wir eben hier. Das Mauseloch ist auch gemütlich. Aber eine Schaukel, die hängen wir unbedingt auf!“

# Waffeln mit Würstchen

Lissi liebt ihren Garten. Riesengroß ist er, mit Bäumen, Büschen zum Verstecken, einem Grillplatz und einer roten Schaukel. Weil so viel Platz ist, haben Lissis Eltern erlaubt, dass Lissi und ihre Kindergarten-freunde dort ein Picknick machen dürfen. Ganz allein, ohne Eltern. Die verschwinden brav in ihrem Arbeitszimmer.

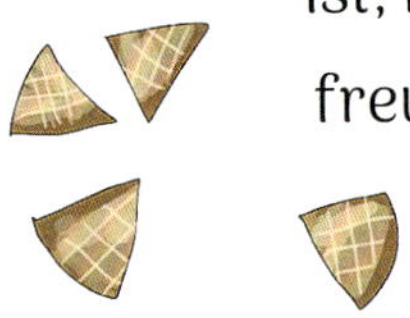

Gerade packt Lissi den Korb mit Würstchen, Waffeln, Äpfeln, Trauben, Saft und Kuchen. Ihre große Schwester Hilke hilft ihr dabei. Danach trägt Hilke den schweren Korb in den Garten, Lissi läuft voraus.

„Ich verstecke ihn hier zwischen den Büschen“, erklärt Hilke. „Merk dir die Stelle, ja? Ich bin später nämlich unterwegs.“

„Klar.“ Lissi nickt.

Doch als ihre Kindergartenfreunde da sind, hat Lissi das Versteck des Korbs vergessen. Lissi rinnen dicke Tränen über die Wangen. Das beobachtet Frau Bartel, die nette Nachbarin.

„Was ist los, Mäuschen? Warum weinst du?“

Lissi schluchzt. „Ich finde den Picknickkorb nicht mehr. Mit Kuchen und Saft und Würstchen.“

„Würstchen?“ Frau Bartel lacht. „Na warte, das schaffen wir ganz ohne deine Eltern. Ich komme schnell rüber und bringe Tops mit.“

Tops ist der Dackel von Frau Bartel. Er liebt Würstchen über alles. Kaum hat Frau Bartel ihn freigelassen, saust er los. Im Zickzack durch den Garten. Wie ein Wirbelwind um die Bäume herum. Zwischen zwei dichten Büschen bleibt er schließlich stehen und bellt wie verrückt: „*Wuff! Wuff! Wahuuu!*“

Lissi rennt sofort hin. „Juhu! Tops hat den Korb gefunden.“

In Windeseile wird die Decke ausgebreitet und Lissi holt die Leckereien aus dem Korb. Natürlich bekommt Tops als Erster etwas: die dickste Wurst von allen! Ist ja klar!

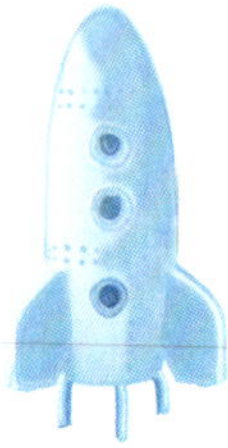

# Die Mondrakete

Den ganzen Tag hat der kleine Engel Jakob auf der Himmelsleiter gestanden und mit seinem Lappen die Sterne blank geputzt, damit sie in der Nacht funkeln können. Jetzt ist Jakob müde. Gerade will der kleine Engel von der Sprosse 326 herunter auf seine Schlafwolke klettern, da sieht er etwas: Ein schimmerndes Ding fliegt durch den Himmel! Das ist kein Vogel und kein Flugzeug. Das Ding fliegt viel schneller. Kein Wunder, denn hinten raus kommt ein großer Feuerschweif! Neugierig klettert Jakob an der Himmelsleiter hoch, aber das Ding steigt noch viel höher!

Da hört Jakob ein leises Kichern. „Bist du das, Mond?“, fragt er.

„Huhuhu, hihihi, ja-haha“, kichert der Mond. „Diese Menschen machen mich ganz kribbelig. Gerade ist die Mondrakete gelandet und jetzt steigen die Astronauten aus und hüpfen auf mir herum, hihi!“

„Ach, das Feuerding war eine Mondrakete“, sagt Jakob. „Und darin fliegen die Menschen bis zu dir hoch? Ist ja enorm!“

„Ja, ja“, sagt der Mond. „Die Menschen wollen herausfinden, wie ich entstanden bin. So lernen sie nämlich auch viel über ihre eigene Erde. Dafür bohren sie Löcher in mich rein und nehmen Steine mit nach Hause.“

„Tut dir das nicht fürchterlich weh?“, ruft das Engelchen erschrocken.

„Nein, nein“, beruhigt es der gute Mond. „Aber weißt du, was mich echt wütend macht? Wohin die Menschen auch kommen, überall lassen sie ihren Müll zurück! Auf ihre Erde passen sie schon nicht gut auf, dabei ist die so wunderschön. Und nun machen sie aus mir die nächste Müllhalde! Werkzeuge, Metallteile, Elektroschrott – wie ich wieder aussehe!“

„Ärgere dich nicht, guter Mond“, sagt Jakob. „Wenn die Menschen mit ihrer Mondrakete weg sind, putzen wir Engelchen dich blitzblank. Wir sind da Spezialisten!“

**Anna Taube**, 1976 geboren, arbeitet als freie Autorin und Übersetzerin. Sie wohnt mit ihrer Familie im idyllischen Bad Rodach, wo es so friedlich ist, dass sich Fuchs und Hase Gute Nacht sagen. Vermutlich mag sie deswegen Gutenachtgeschichten so gern.

**Barbara Rose** ist Kinder- und Jugendbuchautorin und Journalistin. Über zehn Jahre lang hat sie sich Geschichten fürs Fernsehen ausgedacht und Sendungen für Kinder und Jugendliche im Radio moderiert. Inzwischen arbeitet sie als freie Autorin und kann das tun, was ihr am meisten Spaß macht: Bücher schreiben und daraus vorlesen. Sie wohnt mit ihrem Mann und ihren vier Kindern in der Nähe von Stuttgart.
Mehr zur Autorin unter: www.barbara-rose.info

**Betina Gotzen-Beek**, geboren 1965, studierte Malerei und Grafikdesign. Seit 1996 illustriert sie Kinderbücher und lebt heute mit ihrer Familie in Freiburg. Mehr über die Illustratorin erfahrt ihr unter www.gotzen-beek.de.

# Das will ich lesen!

Band 1:
978-3-7432-0380-8

Band 2:
978-3-7432-0381-5

Band 3:
978-3-7432-0921-3

Amelie ist vier Jahre alt und hat einen besten Freund – einen allerbesten! Sie erleben alles gemeinsam und es stört Amelie überhaupt nicht, dass Antonio ein Nashorn ist, noch dazu ein Stoffnashorn! Er ist ein Kuscheltier und für sie lebendig – sehr lebendig und sehr liebenswert!

Loewe
Das will ich lesen!